I0548516

GUSTAVE GARRISSON

A CEUX

QUI

NE SONT PAS REVENUS

MONTAUBAN

Imprimerie coopérative, rue Bessières. — J. Vidallet

—

1872

GUSTAVE GARRISSON

À CEUX

QUI

NE SONT PAS REVENUS

MONTAUBAN

Imprimerie coopérative, rue Bessières. — J. Vidallet

1872

Ye

4353

A CEUX QUI NE SONT PAS REVENUS

I

Frères, vous êtes morts pour une cause sainte,
Sacrifiant la vie au devoir, à l'honneur,
Nobles cœurs disparus, comme une flamme éteinte
    Sur l'autel du Seigneur.

Mais la patrie en deuil revendique vos gloires,
Vos noms ne mourront pas comme un bruit sans échos,
Nous saurons à l'oubli disputer vos mémoires,
    Trop modestes héros!

Monbrison, s'arrachant aux bras de sa famille,
Aux larmes de l'épouse, aux baisers de l'enfant,
Tomba comme l'épi tranché sous la faucille,
    Devant l'ennemi triomphant.

A Sedan, nom maudit qu'une plume française
    N'écrit qu'avec horreur!
Il entra sans pâlir dans l'ardente fournaise
Où tout s'engloutissait, et la gloire et l'honneur.

Ramassant les blessés jusques sous la mitraille,
Maudissant le brassard qui désarmait son bras,
Il suivit pas à pas la funeste bataille
    Où César livra ses soldats !

Et quand tout fut fini, quand des monts à la plaine
Se ruaient au butin les hordes d'Attila,
    Et quand, sous les yeux de Turenne,
    Bonaparte capitula !

Monbrison s'éloignait, — un blessé le rappelle :
Tuez-moi, lui dit-il ; la mort me semble belle
      Auprès de la captivité. —
— Non, une route encore à ta fuite est ouverte,
Répondit Monbrison, montrant la rive verte,
Où la Meuse roulait son flot ensanglanté.

— Je ne sais pas nager ; — monte sur mes épaules,
Et si tu dois périr, nous mourrons tous les deux. —
Et Monbrison le prit, l'emporta vers les saules...
Mais déjà les Prussiens s'étaient lancés sur eux.

Il entra dans le fleuve, il se mit à la nage,
D'effroyables débris tournoyaient sur les eaux,
Et les balles sifflaient, comme en un jour d'orage
      La grêle crépite aux carreaux.

Il fend d'un bras puissant le courant qui l'entraîne
En demandant à Dieu la force surhumaine
      Des héros d'autrefois.
Le fleuve mugissant le pousse à la dérive,

Mais d'un effort suprême il touche enfin la rive
Qu'abritaient de grands bois.

Alors sortant du fleuve ainsi qu'un Dieu d'Homère,
Monbrison déposa, comme une tendre mère,
Son fardeau précieux à l'abri du danger,
Puis, sous le bois touffu, partit d'un pas léger.

II

Et quelques jours plus tard, échangeant la croix rouge
Contre sa vieille épée, on voyait Monbrison
Combattre au premier rang, de Rueil à Montrouge
Sous les murs de Paris, gigantesque prison.

Car Paris fut cinq mois isolé de la France.
Les Prussiens l'enfermaient dans un rempart vivant,
Seul, parfois, un ballon, messager d'espérance,
Dans le ciel libre encor montait au gré du vent.

L'invisible ennemi, tapi sous le branchage
D'où sortait en hurlant la meute des obus,
Attendait que la faim accomplit son ouvrage
Avec ses alliés, l'hiver et le typhus.

Mais ils ne savaient pas, logiciens infâmes,
Que dans cette cité, sourde aux rebellions,
Un courage viril bronzait le cœur des femmes,
Et qu'au feu, les gamins devenaient des lions.

Quand des chefs trop prudents enchaînaient sa vaillance,
L'indomptable Paris levait le front plus haut;
Et jamais ses remparts, insultés à distance,
Ne virent approcher les colonnes d'assaut.

Sortons, disait Paris ! Une sortie en masse,
Ruons-nous comme un fleuve immense et débordé ;
Les bras sont affaiblis, la patience est lasse,
Assez de ce pain noir ! nous avons trop tardé :
Précipitons-nous tous ! que l'on meure ou qu'on passe!
Et ce suprême enjeu fut, un jour, hasardé.

Nos soldats s'avançaient, — des flancs d'une muraille
Jaillissait un volcan de flamme et de mitraille ;
Les Prussiens, embusqués sous ces épais abris,
Ajustaient, à coup sûr, nos troupes découvertes ;
Le sang luisait à flots dans les pelouses vertes,
Et déjà quelques-uns retournaient vers Paris.
Monbrison, par trois fois s'élançant à leur tête,
Ranima leur courage à la flamme du sien,
Calme, l'œil souriant sous le canon prussien,
Comme il était dans son salon, un jour de fête.
Hélas ! ce noble front, que chacun pouvait voir,
S'offrait comme une cible au-devant de la balle :
Il tombe au premier rang, et sa mort triomphale
Termina ce combat engagé sans espoir.

III

Il n'est pas un champ de bataille
Où nous n'ayons eu nos martyrs,
Les uns fauchés par la mitraille,
— Nul n'a recueilli leurs soupirs ; —

D'autres consumés par la fièvre,
Ou, goutte à goutte, succombant,
Laissaient s'exhaler de leur lèvre
Deux mots : Ma mère, — Montauban.
Liste funèbre et glorieuse,
Où ton nom rayonne entre tous,
Cœur héroïque, âme pieuse,
Savant et croyant : Georges Rous !
Dôle, où l'inconstante fortune
Semblait sourire à nos drapeaux,
Vit Fumadelle, enfant de Dune,
Mourant de la mort des héros.
Quittant une famille en larmes,
En volontaire il s'enrôla
Pour faire ses premières armes
Sous le vainqueur de Marsala.
A Borny, Ménescal succombe ;
En mourant, il s'est cru vainqueur,
Et Metz qui veille sur sa tombe,
Garde l'espoir au fond du cœur.
Du devoir, touchante victime,
Edmond Rouffio, cœur magnanime,
Trop tard parmi nous tu reviens,
Et la mort, sûre de sa proie,

Te laissa la suprême joie
De mourir au milieu des tiens.
A Sedan, à Metz, sur la Loire,
Partout, nos enfants du Midi,
Ont moissonné leur part de gloire
De Charrette à Garibaldi!

IV

Voici nos francs-tireurs, troupe leste et vaillante :
Devant leur noir plumet fuyaient pleins d'épouvante
  Les lourds soldats Teutons,
Comme devant un dogue à la dent meurtrière
Se culbutent, roulant dans des flots de poussière,
  De timides moutons !

En chasse, fins Gascons, sur le Vandale énorme ;
Courez sous les taillis qui d'un vert uniforme
  Comme vous sont vêtus ;
En avant ! pour la France et le Tarn-et-Garonne !
Que le sabre s'abatte, et la balle résonne
  Sur les casques pointus !

Le chef s'est élancé dans la large clairière ;
Cœur modeste et vaillant, l'héroïque Teulière
Dédaignait les abris et le chemin frayé;
Il courait en avant, quand une chevrotine
Vint lâchement, de loin, lui trouer la poitrine ;
      Il tomba foudroyé !

Du moins, nous t'avons fait de dignes funérailles :
La cité tout entière, en dehors des murailles,
Mena ton deuil, objet de regrets éternels.
Et maintenant couché dans le sombre feuillage,
      Près de l'église du village,
      Tu dors sous les yeux maternels !

V

Combien depuis sont morts, épuisés par la lutte ;
Leur sang s'était figé, leur sève avait tari,
Leur jeunesse au printemps n'avait pas refleuri,
Et les premiers frimas entraînèrent leur chute.

Ils enviaient le sort de nos vaillants guerriers
Tombés au premier rang dans nos chaudes mêlées,
Et leurs familles désolées
Sur leurs cercueils obscurs n'ont pas mis de lauriers.

Mais leur mère du moins, sur ces lèvres glacées
A cueilli le baiser des suprêmes adieux,
Et la tombe apparut à ces âmes lassées
Comme une porte sombre ouverte sur les cieux.

Combien de nos enfants, cruelle Germanie,
Gardes-tu dans ton sein jaloux,
Dont nul n'a consolé la funèbre agonie !
Pleurons sur eux ! Pleurons sur nous !

Ils dorment maintenant sous la terre étrangère,
Mais qui saura jamais les maux qu'ils ont soufferts
Avant de voir la mort, céleste messagère,
Venir briser leurs fers.

Ah ! leurs derniers soupirs, leur dernière espérance,
Furent pour ce pays qu'ils avaient tant aimé,
Et leur dernier regard, par la fièvre enflammé,
Semblait chercher encor le drapeau de la France.

VI

Un pays ne peut pas périr
Quand il eut une telle histoire,
Et nous gardons assez de gloire
Pour être sûrs de l'avenir.
Laissons s'enorgueillir nos maîtres
Dans la rapine et dans le sang;
Laissons les lâches et les traîtres
Compter leur or en rougissant,
Et soyons fiers de nos victimes !
Non ! tous ces dévoûments sublimes
Qu'un succès n'a point consacrés,
Ne sont pas perdus pour nos âmes;
Nos fils ranimeront leurs flammes
A tous ces souvenirs sacrés.
O débris de ce grand naufrage,
Broyés par les flots furieux,
Emportés par les vents d'orage

Comme une feuille dans les cieux,

Aux plus mauvais jours de l'histoire,

Dans l'abîme où tout s'écroula,

Grâce à vous, un rayon de gloire

Sur nos sanglants revers brilla ;

Dans le gouffre qui vous dévore

Vous avez entrevu l'aurore

Du jour vengeur qui doit venir ;

Du sein des ténèbres profondes,

Comme un nid, porté sur les ondes,

Vous avez sauvé l'avenir !

VII

Ah ! puisse votre mort, votre exemple sublime

Unir tous les Français d'un élan unanime

En face des Prussiens.

Abjurons à jamais nos haines criminelles,

Et puissent les partis enfouir leurs querelles

Dans cette tombe immense où chacun a les siens !

www.ingramcontent.com/pod-product-compliance
Lightning Source LLC
Chambersburg PA
CBHW061521170626
46811CB00004B/1793